E. T. A. Hoffmann
Das Gelübde

I0636562

fabula Verlag Hamburg

ISBN: 978-3-95855-145-9

Druck: fabula Verlag Hamburg, 2015

Der fabula Verlag Hamburg ist ein Imprint der Diplomica Verlag GmbH.

Bibliografische Information der Deutschen Nationalbibliothek:

Die Deutsche Nationalbibliothek verzeichnet diese Publikation in der Deutschen Nationalbibliografie; detaillierte bibliografische Daten sind im Internet über http://dnb.d-nb.de abrufbar.

© fabula Verlag Hamburg, 2015

http://www.fabula-verlag.de

Printed in Germany

E. T. A. Hoffmann

Das Gelübde

fabula

Am Michaelistage, eben als bei den Karmelitern die Abendhora eingeläutet wurde, fuhr ein mit vier Postpferden bespannter stattlicher Reisewagen donnernd und rasselnd durch die Gassen des kleinen polnischen Grenzstädtchens L. und hielt endlich still vor der Haustür des alten teutschen Bürgermeisters. Neugierig steckten die Kinder die Köpfe zum Fenster heraus, aber die Hausfrau stand auf von ihrem Sitze und rief, indem sie ganz unmutig ihr Nähzeug auf den Tisch warf, dem Alten, der aus dem Nebenzimmer schnell eintrat, entgegen: „Schon wieder Fremde, die unser stilles Haus für eine Gastwirtschaft halten, das kommt aber von dem Wahrzeichen her. Warum hast du auch die steinerne Taube über der Tür aufs neue vergolden lassen?" Der Alte lächelte schlau und bedeutsam, ohne etwas zu erwidern; im Augenblick hatte er den Schlafrock abgeworfen, das Ehrenkleid, das vom Kirchgange her noch wohlgebürstet über der Stuhllehne hing, angezogen, und ehe die ganz erstaunte Frau den Mund zur Frage öffnen konnte, stand er schon, sein Samtmützchen unterm Arm, so daß sein silberweißes Haupt in der Dämmerung hell aufschimmerte, vor dem Kutschenschlage, den indessen ein Diener geöffnet. Eine ältliche Frau im grauen Reisemantel stieg aus dem Wagen, ihr folgte eine hohe jugendliche Gestalt mit dicht verhülltem Antlitz, die, auf des Bürgermeisters Arm gestützt, in das Haus hinein mehr wankte als schritt und, kaum ins Zimmer getreten, wie halb entseelt in den Lehnstuhl sank, den die Hausfrau auf des Alten Wink schnell herangerückt. Die ältere Frau sprach leise und sehr wehmütig zu dem Bürgermeister: „Das arme Kind! – ich muß wohl noch einige Augenblicke bei ihr verweilen", damit machte sie Anstalt, ihren Reisemantel herunterzuziehen, worin ihr des Bürgermeisters ältere Tochter beistand, so daß bald ihr Nonnengewand sowie ein auf der Brust funkelndes Kreuz sichtbar wurde, welches sie als Äbtissin eines Zisterzienser-Nonnenklosters darstellte. Die verhüllte Dame hatte unterdessen nur durch ein leises, kaum vernehmbares Ächzen kundgetan, daß sie noch lebe, und endlich die Hausfrau um ein Glas Wasser gebeten. Die brachte aber allerlei stärkende Tropfen und Essenzen herbei und pries ihre Wunderkraft, indem sie die Dame bat, doch nur die dicken, schweren Schleier, die ihr alles freie Atmen verhindern müßten, abzulegen. Mit der Hand jede Annäherung der Hausfrau abwehrend, mit allen Zeichen des Abscheues den Kopf zurückbeugend, verwarf aber die Kranke den Vorschlag, und selbst, als sie endlich es sich gefallen ließ, den Duft einer starken Lebensessenz einzuziehen, als sie etwas von dem verlangten Wasser, in das die besorgte Hausfrau einige Tropfen eines bewährten Elixiers hineingetan, genoß, tat sie alles dies unter den Schleiern, ohne sie nur im mindesten zu lüpfen. „Ihr habt doch, mein lieber alter Herr!" wandte sich die Äbtissin zum Bürgermeister, „Ihr habt doch alles so bereitet, wie es gewünscht worden?" – „Jawohl", erwiderte der Alte, „jawohl! ich hoffe, mein durchlauchtigster Fürst soll mit mir zufrieden sein, so wie die Dame, für die ich alles zu tun bereit bin, was nur in meinen Kräften steht." – „So laßt mich", fuhr die Äbtissin fort, „mit meinem armen Kinde noch einige Augenblicke allein." Die Familie mußte das Zimmer verlassen. Man hörte, wie die Äbtissin eifrig und salbungsvoll der Dame zusprach und wie diese endlich auch zu reden begann mit einem Ton, der tief bis ins Herz drang. Ohne gerade zu horchen, blieb denn doch die Hausfrau an der Türe des Zimmers stehen, indessen wurde italienisch gesprochen, und selbst dies machte für sie den ganzen Auftritt geheimnisvoller und vermehrte die Beklommenheit, welche ihr den Mund verschloß. Frau und Tochter trieb der Alte fort, um für Wein und andere Erfrischungen zu sorgen, er selbst ging in das Zimmer zurück. Getrösteter, gefaßter schien die verschleierte Dame, welche mit gebeugtem Haupt und gefalteten Händen vor der Äbtissin stand. Diese verschmähte es nicht, etwas von den Erfrischungen anzunehmen, die ihr die Hausfrau darbot, dann rief sie: „Nun ist es Zeit!" Die verschleierte Dame sank nieder auf die Knie, die Äbtissin legte die Hände auf ihr Haupt und sprach leise Gebete. Als diese geendet, schloß sie, indem häufige Tränen ihr über die Wangen rollten, die Verschleierte in die Arme und drückte sie heftig, wie im Übermaß des Schmerzes, an die Brust, dann gab sie gefaßt und würdevoll der Familie die Benediktion und eilte, vom Alten begleitet, rasch in den Wagen, vor dem die frisch angelegten Postpferde laut wieherten. In vollem Juchzen und Blasen jug der Postillion durch die Gassen zum Tore hinaus. Als nun die Hausfrau gewahrte, daß die verschleierte Dame, für die man ein paar schwere Koffer vom Wagen abgepackt und hineingetragen, dablieb, wohl gar auf lange Zeit eingezogen sei, konnte sie sich gar nicht lassen vor peinlicher Neugier und Sorge. Sie trat hinaus auf den Hausflur und dem Alten, der eben in das Zimmer wollte, in den Weg. „Um Christus willen", flüsterte sie leise und ängstlich, „um Christus willen, welch einen Gast bringst du mir ins Haus, denn du weißt doch ja von allem und hast es mir nur verschwiegen." – „Alles, was ich weiß, sollst du auch erfahren", erwiderte der Alte ganz ruhig. „Ach, ach!" fuhr die Frau noch ängstlicher fort, „du weißt aber vielleicht nicht alles; wärst du nur jetzt im Zimmer gewesen. Sowie die Frau Äbtissin abgefahren, mochte es der Dame doch wohl zu beklommen werden in ihren dicken Schleiern. Sie nahm den großen schwarzen Kreppflor, der ihr bis an die Knie reichte, herab, und da sah ich – " – „Nun, was sahst du denn", fiel der Alte der Frau, die zitternd sich umschaute, als erblicke sie Gespenster, in die Rede. „Nein", sprach die Frau weiter, „die Gesichtszüge konnte ich unter den dünnen Schleiern gar nicht deutlich erkennen, aber wohl die Totenfarbe, ach, die greuliche Totenfarbe. Aber nun, Alter, nun merk auf: deutlich, nur zu deutlich, ganz sonnenklar liegt's am Tage, daß die Dame guter Hoffnung ist. In wenigen Wochen kommt sie ins Kindbett." – „Das weiß ich ja, Frau", sprach der Alte ganz mürrisch, „und damit du nur nicht umkommen mögest vor Neugier und Unruhe, will ich dir mit zwei Worten alles erklären. Wisse also, daß Fürst Z., unser hoher Gönner, mir vor einigen Wochen schrieb, die Äbtissin des Zisterzienserklosters in O. werde mir eine Dame bringen, die ich bei mir in meinem Hause aufnehmen solle, in aller Stille, jedes Aufsehen sorglich vermeidend. Die Dame, welche nicht anders genannt sein wolle als schlechtweg Cölestine, werde bei mir ihre nahe Entbindung abwarten und dann nebst dem Kinde, das sie geboren, wieder abgeholt werden. Füge ich nun noch hinzu, daß der Fürst mir mit den eindringlichsten Worten die sorgsamste Pflege der Dame empfohlen und für die ersten Auslagen und Bemühungen einen tüchtigen Beutel mit Dukaten, den du in meiner Kommode finden und beäugeln kannst, beigefügt hat, so werden wohl alle Bedenken aufhören." – „So müssen wir", sprach die Hausfrau, „vielleicht arger Sünde, wie sie die Vornehmen treiben, die Hand bieten." Noch ehe der Alte darauf etwas erwidern konnte, trat die Tochter zum Zimmer heraus und rief ihn zur Dame, welche sich nach Ruhe sehne und in das für sie bestimmte Gemach geführt zu werden wünsche. Der Alte hatte die beiden Zimmerchen des obern Stocks so gut ausschmücken lassen, als er es nur vermochte, und war nicht wenig betreten, als Cölestine frug, ob er außer diesen Gemächern nicht noch eins, dessen Fenster hintenheraus gingen, besitze. Er verneinte das und fügte nur, um ganz gewissenhaft zu sein, hinzu, daß zwar noch ein einziges Gemach mit einem Fenster nach dem Garten heraus vorhanden, dies dürfte aber gar kein

Zimmer, sondern nur eine schlechte Kammer genannt werden; kaum so geräumig, um ein Bette, einen Tisch und einen Stuhl hineinzustellen, ganz einer elenden Klosterzelle gleich. Cölestine verlangte augenblicklich, diese Kammer zu sehen, und erklärte, kaum hineingekommen, daß ebendieses Gemach ihren Wünschen und Bedürfnissen angemessen sei, daß sie nur in diesem und keinem andern wohnen und es nur dann, wenn ihr Zustand durchaus größeren Raum und eine Krankenwärterin erfordern solle, mit einem größern vertauschen werde. Verglich der Alte schon jetzt dieses enge Gemach mit einer Klosterzelle, so war es andern Tages ganz dazu geworden. Cölestine hatte ein Marienbild an die Wand geheftet und auf den alten hölzernen Tisch, der unter dem Bilde stand, ein Kruzifix hingestellt. Das Bette bestand in einem Strohsack und einer wollenen Decke, und außer einem hölzernen Schemel und noch einem kleinen Tisch litt Cölestine kein anderes Gerät. Die Hausfrau, ausgesöhnt mit der Fremden durch den tiefen zehrenden Schmerz, der sich in ihrem ganzen Wesen offenbarte, glaubte nach gewöhnlicher Weise sie aufheitern, unterhalten zu müssen, die Fremde bat aber mit den rührendsten Worten, eine Einsamkeit nicht zu verstören, in der allein mit ganz der Jungfrau und den Heiligen zugewandtem Sinn sie Tröstung finde. Jedes Tages, sowie der Morgen graute, begab sich Cölestine zu den Karmelitern, um die Frühmesse zu hören; den übrigen Tag schien sie unausgesetzt Andachtsübungen gewidmet zu haben, denn so oft es auch nötig wurde, sie in ihrem Zimmer aufzusuchen, fand man sie entweder betend oder in frommen Büchern lesend. Sie verschmähte andere Speise als Gemüse, anderes Getränk als Wasser, und nur die dringendsten Vorstellungen des Alten, daß ihr Zustand, das Wesen, das in ihr lebe, bessere Kost fordere, konnte sie endlich vermögen, zuweilen Fleischbrühe und etwas Wein zu genießen. Dieses strenge klösterliche Leben, hielt es auch jeder im Hause für die Buße begangener Sünde, erweckte doch zu gleicher Zeit inniges Mitleiden und tiefe Ehrfurcht, wozu denn auch der Adel ihrer Gestalt, die siegende Anmut jeder ihrer Bewegungen nicht wenig beitrug. Was aber diesen Gefühlen für die fremde Heilige etwas Schauerliches beimischte, war der Umstand, daß sie die Schleier durchaus nicht ablegte, so daß keiner ihr Gesicht zu erschauen vermochte. Niemand kam in ihre Nähe als der Alte und der weibliche Teil seiner Familie, und diese, niemals aus dem Städtchen gekommen, konnten unmöglich durch das Wiedererkennen eines Gesichts, das sie vorher nicht gesehen, dem Geheimnis auf die Spur kommen. Wozu also die Verhüllung? – Die geschäftige Phantasie der Weiber erfand bald ein grauliches Märchen. Ein fürchterliches Abzeichen (so lautete die Fabel), die Spur der Teufelskralle, hatte das Gesicht der Fremden gräßlich verzerrt, und darum die dicken Schleier. Der Alte hatte Mühe, dem Gewäsche zu steuern und zu verhindern, daß wenigstens vor der Türe seines Hauses nicht Abenteuerliches von der Fremden geschwatzt wurde, deren Aufenthalt in des Bürgermeisters Hause freilich in der Stadt bekannt geworden. Ihre Gänge nach dem Karmeliterkloster blieben auch nicht unbemerkt, und bald nannte man sie des Bürgermeisters schwarze Frau, womit freilich sich von selbst die Idee einer spukhaften Erscheinung verband. Der Zufall wollte, daß eines Tages, als die Tochter der Fremden die Speisen in das Zimmer brachte, der Luftstrom den Schleier erfaßte und aufhob; mit Blitzesschnelle wandte sich die Fremde, so daß sie sich in demselben Moment dem Blick des Mädchens entzog. Diese kam aber erblaßt und an allen Gliedern zitternd herab. Keine Verzerrung, aber so wie die Mutter ein totenbleiches, hatte sie ein marmorweißes Antlitz erschaut, aus dessen tiefen Augenhöhlen es seltsam hervorblitzte. Der Alte schob mit Recht vieles auf des Mädchens Einbildung, aber auch ihm war es, im Grunde genommen, so zumute wie allen; er wünschte das verstörende Wesen, trotz aller Frömmigkeit, die es bewies, fort aus seinem Hause. Bald darauf weckte in einer Nacht der Alte die Hausfrau und sagte ihr, daß er schon seit einigen Minuten ein leises Wimmern und Ächzen, ein Klopfen vernehme, das von Cölestinens Zimmer zu kommen scheine. Die Frau, von der Ahnung ergriffen, was das sein könne, eilte hinauf. Sie fand Cölestinen, angezogen und in ihre Schleier gewickelt, auf dem Bette halb ohnmächtig liegen und überzeugte sich bald, daß die Niederkunft nahe sei. Schnell traf man die längst vorbereiteten Anstalten, und in weniger Zeit war ein gesundes holdes Knäblein geboren. Dies Ereignis, hatte man es auch längst vorausgesehen, trat doch wie unerwartet ein und vernichtete in seinen Folgen das drückende unheimliche Verhältnis mit der Fremden, welches auf der Familie schwer gelastet hatte. Der Knabe schien, wie ein sühnender Mittler, Cölestinen dem Menschlichen wieder näherzubringen. Ihr Zustand litt keine strenge asketische Übungen, und indem ihre Hülflosigkeit ihr die Menschen, welche sie mit liebender Sorgfalt pflegten, aufnötigte, gewöhnte sie sich mehr und mehr an ihren Umgang. Die Hausfrau dagegen, die nun die Kranke warten, ihr selbst die nahrhafte Suppe kochen und darreichen konnte, vergaß in dieser häuslichen Sorge alles Böse, was ihr sonst über die rätselhafte Fremde in den Sinn gekommen. Sie dachte nicht mehr daran, daß ihr ehrbares Haus vielleicht zum Schlupfwinkel der Schande dienen sollte. Der Alte jubelte ganz verjüngt und hätschelte den Knaben, als sei ihm ein Enkelkind geboren, und er, wie alle übrige, hatten sich daran gewöhnt, daß Cölestine verschleiert blieb, ja selbst während der Entbindung. Die Wehmutter hatte ihr schwören müssen, daß, trete ja ein Zustand der Bewußtlosigkeit ein, doch die Schleier nicht gelüpft werden sollten, außer von ihr, der Wehmutter selbst, im Fall der Todesgefahr. Es war gewiß, daß die Alte Cölestinen unverschleiert gesehen, sie sagte aber darüber nichts als: „Die arme junge Dame muß sich ja wohl so verhüllen!" – Nach einigen Tagen erschien der Karmelitermönch, der den Knaben getauft hatte. Seine Unterredung mit Cölestinen, niemand durfte zugegen sein, dauerte länger als zwei Stunden. Man hörte ihn eifrig sprechen und beten. Als er fortgegangen, fand man Cölestinen im Lehnstuhl sitzend, auf dem Schoße den Knaben, um dessen kleine Schultern ein Skapulier gelegt war und der ein Agnus Dei auf der Brust trug. Wochen und Monate vergingen, ohne daß, wie der Bürgermeister geglaubt hatte und wie es ihm auch vom Fürsten Z. gesagt worden, Cölestine mit dem Kinde abgeholt wurde. Sie hätte ganz eintreten können in den friedlichen Kreis der Familie, wären die fatalen Schleier nicht gewesen, die immer den letzten Schritt zur freundlichen Annäherung hemmten. Der Alte nahm es sich heraus, dies der Fremden selbst freimütig zu äußern, doch als sie mit dumpfem feierlichen Ton erwiderte: „Nur im Tode fallen diese Schleier", schwieg er davon und wünschte aufs neue, daß der Wagen mit der Äbtissin erscheinen möge. Der Frühling war herangekommen, von einem Spaziergange kehrte die Familie des Bürgermeisters heim, Blumensträuße in den Händen tragend, deren schönste der frommen Cölestine bestimmt waren. Eben als sie ins Haus treten wollten, sprengte ein Reiter heran, eifrig nach dem Bürgermeister fragend. Der Alte sprach, er sei selbst der Bürgermeister und stehe vor seinem Hause. Da sprang der Reiter herab vom Pferde, das er festband an den Pfosten, und stürzte mit dem gellenden Ruf: „Sie ist hier, sie ist hier", ins Haus und die Treppe herauf. Man hörte eine Tür einschlagen und Cölestinens Angstgeschrei. Der Alte, von Entsetzen erfaßt, eilte nach. Der Reiter – wie nun sichtlich war, ein Offizier von der französischen Jägergarde, mit vielen Orden geschmückt – hatte den Knaben aus der Wiege gerissen und in den linken, mit dem Mantel umschlungenen Arm genommen; den rechten hatte Cölestine erfaßt, alle Kraft aufbietend, den Räuber des Kindes zurückzuhalten. Im Ringen riß der Offizier den Schleier herab – ein todstarres marmorweißes Antlitz, von schwarzen Locken umschattet, blickte ihn an, glühende Strahlen aus den tiefen Augenhöhlen schießend, während schneidende Jammertöne aus den halbgeöffneten unbewegten Lippen quollen. Der Alte nahm wahr, daß Cölestine eine weiße, dicht anschließende Maske trug. „Entsetzliches Weib! willst du, daß auch mich deine Raserei ergreife?" schrie der Offizier, indem er sich mit Gewalt losriß, so daß Cölestine zu Boden stürzte. Nun umfaßte sie aber seine Knie, indem sie mit dem Ausdruck des unsäglichsten Schmerzes, mit einem Ton, der das Herz durchschnitt, flehte: „Laß mir das Kind! – o laß mir das Kind! – nicht um die ewige Seligkeit sollst du mich bringen. – Um Christus – um der heiligen Jungfrau willen – laß mir das Kind – laß mir das Kind." – Und bei diesen Jammertönen regte sich keine Muskel, regten sich nicht die Lippen des Totenantlitzes, so daß dem Alten, der Hausfrau – allen, die ihm gefolgt, vor Grauen das Blut in den Adern stockte! „Nein", schrie der Offizier wie in heller Verzweiflung, „nein, unmenschliches, unerbittliches Weib, das Herz konntest du aus dieser Brust reißen, aber verderben sollst du nicht im heillosen Wahnsinn das Wesen, das sich tröstend an die blutende Wunde legt!" – Fester drückte der Offizier das Kind an sich, so daß es laut zu weinen begann – da brach Cölestine aus in ein dumpfes Heulen: „Rache – des Himmels Rache über dich – du Mörder!" – „Laß ab! – laß ab – fort mit dir, du Höllenspuk" – kreischte der Offizier und schleuderte mit einer konvulsivischen Bewegung des Fußes Cölestinen weit von sich und wollte zur Türe heraus. Der Alte trat ihm in den Weg, er riß aber schnell ein Terzerol hervor, rief, die Mündung gegen den Alten gekehrt: „Die Kugel durch den Kopf dem, der dem Vater sein Kind zu entreißen gedenkt", stürzte die Treppe herab, schwang sich aufs Pferd, ohne das Kind zu lassen, und sprengte in vollem Galopp davon. – Die Hausfrau, voll Herzensangst, wie es nun um Cölestinen stehen und was nun mit ihr anzufangen sein würde, überwand ihr Grauen vor der entsetzlichen Totenmaske und eilte herauf, ihr beizustehen. Wie erstaunte sie, als sie Cölestinen mitten im Zimmer, gleich einer Statue mit herabhängenden Armen, lautlos stehend fand. – Sie redete sie an – keine Antwort. Nicht vermögend, den Anblick der Maske zu tragen, hing sie ihr die Schleier um, die auf dem Boden lagen, kein Regen und Bewegen. Cölestine war in einen automatähnlichen Zustand gesunken, der die Hausfrau mit neuer Angst und Pein erfüllte, so daß sie ganz inbrünstig zu Gott flehte, sie nur von dieser unheimlichen Fremden zu befreien. Ihre Bitte wurde zur Stelle erhört, denn eben hielt derselbe Wagen, der Cölestinen gebracht, vor der Türe. Die Äbtissin kam, mit ihr Fürst Z., des alten Bürgermeisters hoher Gönner. Als der erfahren, was sich soeben zugetragen, sprach er sehr mild und ruhig: „So kamen wir zu spät und müssen uns wohl in Gottes Fügung schicken." Man brachte Cölestinen herab, die sich starr und lautlos, ohne Zeichen eignen Willens und eigner Willkür, fortführen und in den Wagen setzen ließ, der schnell fortrollte. Dem Alten, der ganzen Familie war so zumute, als erwachten sie nun erst aus einem bösen spukhaften Traum, der sie sehr geängstet.

Bald darauf, als sich dies in dem Hause des Bürgermeisters von L. begeben, wurde in dem Zisterzienser-Nonnenkloster zu O. eine Logenschwester mit ungewöhnlicher Feierlichkeit begraben, und ein dumpfes Gerücht ging, daß diese Logenschwester die Gräfin Hermenegilda von C. gewesen, von der man glaubte, sie sei mit ihres Vaters Schwester, der Fürstin von Z., nach Italien gegangen. Zur selbigen Zeit erschien Graf Nepomuk von C., Hermenegildas Vater, in Warschau und trat, sich nur ein kleines Gütchen in der Ukraine vorbehaltend, seine sämtlichen übrigen beträchtlichen Besitzungen den beiden Söhnen des Fürsten Z., seinen Neffen, vermöge eines gerichtlichen Akts ohne Einschränkung ab. Man fragte nach der Ausstattung seiner Tochter, da hob er den düstern tränenschweren Blick gen Himmel und sagte mit dumpfer Stimme: „Sie ist ausgestattet!" – Er nahm gar keinen Anstand, nicht allein jenes Gerücht von Hermenegildas Tode im Kloster zu O. zu bestätigen, sondern auch das besondere Verhängnis zu offenbaren, das über Hermenegilda gewaltet und sie, einer duldenden Märtyrin gleich, frühzeitig in das Grab gezogen. Manche Patrioten, gebeugt, aber nicht zerknickt durch den Fall des Vaterlandes, gedachten den Grafen aufs neue in geheime Verbindungen zu ziehen, die die Herstellung des polnischen Staats bezweckten, aber nicht mehr den feurigen, für Freiheit und Vaterland beseelten Mann, der sonst zu jeder gewagten Unternehmung mit unerschütterlichem Mute die Hand bot, fanden sie, sondern einen ohnmächtigen, von wildem Schmerz zerrissenen Greis, der, allen Welthändeln entfremdet, im Begriff stand, sich in tiefer Einsamkeit zu vergraben. Sonst, zu jener Zeit, als nach der ersten Teilung Polens die Insurrektion vorbereitet wurde, war des Grafen Nepomuk von C. Stammgut der geheime Sammelplatz der Patrioten. Dort entzündeten sich die Gemüter bei feierlichen Mahlen zum Kampf für das gefallene Vaterland. Dort erschien, wie ein Engelsbild vom Himmel gesendet zur heiligen Weihe, Hermenegilda in dem Kreise der jungen Helden. Wie es den Frauen ihrer Nation eigen, nahm sie teil an allen, selbst an politischen Verhandlungen und äußerte, die Lage der Dinge wohl beachtend und erwägend, in einem Alter von noch nicht siebzehn Jahren, oft manchmal allen übrigen entgegen, eine Meinung, die von dem außerordentlichsten Scharfsinn, von der klarsten Umsicht zeigte und die mehrenteils den Ausschlag gab. Nächst ihr war niemanden das Talent des schnellen Überblicks, des Auffassens und scharfgeründeten Darstellens der Lage der Dinge mehr eigen als dem Grafen Stanislaus von R., einem feurigen, hochbegabten Jünglinge von zwanzig Jahren. So geschah es, daß Hermenegilda und Stanislaus oft allein in raschen Diskussionen die zur Sprache gebrachten Gegenstände verhandelten, Vorschläge prüften – annahmen – verwarfen, andere aufstellten und daß die Resultate des Zweigesprächs zwischen dem Mädchen und dem Jünglinge oft selbst von den alten staatsklugen Männern, die zu Rate saßen, als das Klügste und Beste, was zu beginnen, anerkannt werden mußten. Was war natürlicher, als an die Verbindung dieser beiden zu denken, in deren wunderbaren Talenten das Heil des Vaterlandes emporzukeimen schien. Außerdem war aber auch die nähere Verzweigung beider Familien schon deshalb in dem Augenblick politisch wichtig, weil man sie von verschiedenem Interesse beseelt glaubte, wie der Fall bei manchen andern Familien in Polen zutraf. Hermenegilda, ganz durchdrungen von diesen Ansichten, nahm den ihr bestimmten Gatten als ein Geschenk des Vaterlandes auf, und so wurden mit ihrer feierlichen Verlobung die patriotischen Zusammenkünfte auf dem Gute des Vaters beschlossen. Es ist bekannt, daß die Polen unterlagen, daß mit Kosziuskos Fall eine zu sehr auf Selbstvertrauen und falsch vorausgesetzte Rittertreue basierte Unternehmung scheiterte. Graf Stanislaus, dem seine frühere militärische Laufbahn, seine Jugend und Kraft eine Stelle im Heer anwies, hatte mit Löwenmut gefochten. Mit Not schmählicher Gefangenschaft entgangen, auf den Tod verwundet, kam er zurück. Nur Hermenegilda fesselte ihn noch ans Leben, in ihren Armen glaubte er Trost, verlorne Hoffnung wiederzufinden. Sowie er nur leidlich von seinen Wunden genesen, eilte er auf die Güter des Grafen Nepomuk, um dort aufs neue, aufs schmerzlichste verwundet zu werden. Hermenegilda empfing ihn mit beinahe höhnender Verachtung. „Seh ich den Helden, der in den Tod gehen wollte für das Vaterland?" – So rief sie ihm entgegen; es war, als wenn sie in törichtem Wahnsinn den Bräutigam für einen jener Paladine der fabelhaften Ritterzeit gehalten, dessen Schwert allein Armeen vernichten konnte. Was halfen alle Beteurungen, daß keine menschliche Kraft zu widerstehen vermochte dem brausenden, alles verschlingenden Strom, der sich über das Vaterland hinwälzte, was half alles Flehen der inbrünstigen Liebe, Hermenegilda, als könne sich ihr todkaltes Herz nur im wilden Treiben der Welthändel entzünden, blieb bei dem Entschluß, ihre Hand nur dann dem Grafen Stanislaus geben zu wollen, wenn die Fremden aus dem Vaterlande vertrieben sein würden. Der Graf sah zu spät ein, daß Hermenegilda ihn nie liebte, so wie er sich überzeugen mußte, daß die Bedingnis, die Hermenegilda aufstellte, vielleicht niemals, wenigstens erst in geraumer Zeit erfüllt werden konnte. Mit dem Schwur der Treue bis in den Tod verließ er die Geliebte und nahm französische Dienste, die ihn in den Krieg nach Italien führten. – Man sagt den polnischen Frauen nach, daß ein eignes launisches Wesen sie auszeichne. Tiefes Gefühl, sich hingebender Leichtsinn, stoische Selbstverleugnung, glühende Leidenschaft, todstarre Kälte, alles das, wie es bunt gemischt in ihrem Gemüte liegt, erzeugt das wunderliche unstete Treiben auf der Oberfläche, das dem Spiel gleicht der in stetem Wechsel fortplätschernden Wellen des im tiefsten Grunde bewegten Bachs. – Gleichgültig sah Hermenegilda den Bräutigam scheiden, aber kaum waren einige Tage vergangen, als sie sich von solch unaussprechlicher Sehnsucht befangen fühlte, wie sie nur die glühendste Liebe erzeugen kann. Der Sturm des Krieges war verrauscht, die Amnestie wurde proklamiert, man entließ die polnischen Offiziere aus der Gefangenschaft. So geschah es, daß mehrere von Stanislaus' Waffenbrüdern sich nach und nach auf des Grafen Gute einfanden. Mit tiefem Schmerz gedachte man jener unglücklichen Tage, aber auch mit hoher Begeisterung des Löwenmuts, womit alle, aber keiner mehr als Stanislaus, gefochten. Er hatte die zurückweichenden Bataillone, da, wo schon alles verloren schien, aufs neue ins Feuer geführt, es war ihm geglückt, die feindlichen Reihen mit seiner Reuterei zu durchbrechen. Das Schicksal des Tages wankte, da traf ihn eine Kugel, und mit dem Ausruf: „Vaterland – Hermenegilda!" stürzte er, in Blut gebadet, vom Pferde herab. Jedes Wort dieser Erzählung war ein Dolchstich, der tief in Hermenegildas Herz fuhr. „Nein! ich wußt es nicht, daß ich ihn unaussprechlich liebte seit dem ersten Augenblick, als ich ihn sah! – Welch ein höllisches Blendwerk konnte mich Ärmste verführen, daß ich zu leben gedachte ohne ihn, der mein einziges Leben ist! – Ich habe ihn in den Tod geschickt – er kehrt nicht wieder!" – So brach Hermenegilda aus in stürmische Klagen, die allen in die Seele drangen. Schlaflos, von steter Unruhe gefoltert, durchirrte sie zur Nachtzeit den Park, und als vermöge der Nachtwind ihre Worte hinzutragen zu dem fernen Geliebten, rief sie in die Lüfte hinein: „Stanislaus – Stanislaus – kehre zurück – ich bin es – Hermenegilda ist es, die dich ruft – hörst du mich denn nicht – kehre zurück, sonst muß ich vergehen in banger Sehnsucht, in trostloser Verzweiflung!"

Hermenegildas überreizter Zustand schien übergehen zu wollen in wirklichen hellen Wahnsinn, der sie zu tausend Torheiten trieb. Graf Nepomuk, voll Kummer und Angst um das geliebte Kind, glaubte, daß ärztliche Hülfe hier vielleicht wirksam sein könnte, und es gelang ihm in der Tat, einen Arzt zu finden, der es sich gefallen ließ, einige Zeit auf dem Gute zu bleiben und sich der Leidenden anzunehmen. So richtig berechnet seine mehr psychische als physische Kurmethode aber auch sein mochte, so wenig sich ihre Wirkung auch ganz ableugnen ließ, so blieb es doch zweifelhaft, ob von wirklichem Genesen jemals die Rede würde sein können, da nach langer Stille sich ganz unerwartet wieder die seltsamsten Paroxismen einstellten. Ein eignes Abenteuer gab der Sache eine andere Wendung. Hermenegilda hatte eben den kleinen Ulanen, ein Püppchen, das sie sonst wie den Geliebten ans Herz gedrückt, dem sie die süßesten Namen gegeben, unwillig ins Feuer geworfen, weil er durchaus nicht singen wollte: „Podrosz twoia nam niemila, milsza przyiaszn w Kraiwbyla" etc. Im Begriff, von dieser Expedition in ihr Zimmer zurückzukehren, befand sie sich auf dem Vorsaal, als es klingend und klirrend hinter ihr her schritt. Sie schaute um sich, erblickte einen Offizier in voller Uniform der französischen Jägergarde, der den linken Arm in der Binde trug, und stürzte mit dem lauten Ruf: „Stanislaus, mein Stanislaus!" ihm ohnmächtig in die Arme. Der Offizier, eingewurzelt im Boden vor Erstaunen und Überraschung, hatte nicht wenig Mühe, Hermenegilda, die, groß und üppig gebaut, eben keine geringe Last war, mit einem Arm, dessen er nur mächtig, aufrecht zu erhalten. Er drückte sie fest und fester an sich, und indem er Hermenegildas Herz an seiner Brust schlagen fühlte, mußte er sich gestehen, daß dies eins der entzückendsten Abenteuer sei, das er je erlebt. Sekunde auf Sekunde verging, der Offizier, ganz entzündet vom Liebesfeuer, das in tausend elektrischen Funken der holden Gestalt, die er in seinen Armen hielt, entströmte, drückte glühende Küsse auf die süßen Lippen. So fand ihn Graf Nepomuk, der aus seinen Zimmern trat. Auch er rief, aufjauchzend vor Freude: „Graf Stanislaus!" – In dem Augenblick erwachte Hermenegilda und umschlang ihn inbrünstig, indem sie, ganz außer sich, von neuem rief: „Stanislaus! – mein Geliebter! mein Gatte!" – Der Offizier, im ganzen Gesicht glühend, zitternd – außer aller Fassung, trat einen Schritt zurück, indem er sich sanft Hermenegildas stürmischer Umarmung entzog. „Es ist der süßeste Augenblick meines Lebens – aber nicht schwelgen will ich in der Seligkeit, die mir nur ein Irrtum bereitet – ich bin ja nicht Stanislaus – ach, ich bin es ja nicht." – So sprach der Offizier stotternd und zagend; entsetzt prallte Hermenegilda zurück, und als sie sich, den Offizier schärfer ins Auge fassend, überzeugt, daß die freilich ganz wunderbare

Ähnlichkeit des Offiziers mit dem Geliebten sie getäuscht, eilte sie fort, laut jammernd und klagend. Graf Nepomuk konnte, da der Offizier sich nun als den jüngern Vetter des Grafen Stanislaus, als den Grafen Xaver von R. kundtat, es kaum für möglich halten, daß der Knabe in so kurzer Zeit zum kräftigen Jünglinge herangewachsen. Freilich kam hinzu, daß die Strapazen des Kriegs dem Gesicht, der ganzen Haltung einen männlichern Charakter gaben, als es sonst der Fall gewesen sein würde. Graf Xaver hatte nämlich mit seinem ältern Vetter Stanislaus zugleich das Vaterland verlassen, wie er französische Kriegsdienste genommen und in Italien gefochten. Damals kaum achtzehn Jahre alt, zeichnete er sich doch bald als besonnener und löwenkühner Kriegsheld auf solche Weise aus, daß ihn der Feldherr zu seinem Adjutanten erhob, und jetzt war er, ein zwanzigjähriger Jüngling, schon zum Obristen heraufgestiegen. Erhaltene Wunden nötigten ihn, einige Zeit auszuruhen. Er kehrte in das Vaterland zurück, und Aufträge von Stanislaus an die Geliebte führten ihn auf den Landsitz des Grafen Nepomuk, wo er empfangen wurde, als sei er der Geliebte selbst. Graf Nepomuk und der Arzt, beide gaben sich alle nur ersinnliche Mühe, Hermenegilda, die ganz vernichtet von Scham und bitterm Schmerz, ihr Zimmer nicht verlassen wollte, solange Xaver im Hause, zu beruhigen, aber umsonst. Xaver war außer sich, daß er Hermenegilda nicht wiedersehen sollte. Er schrieb ihr, daß er unverschuldet eine für ihn unglückliche Ähnlichkeit zu hart büße. Aber nicht ihn allein, sondern den Geliebten Stanislaus selbst träfe das von jenem verhängnisvollen Moment erzeugte Mißgeschick, da ihm, dem Überbringer süßer Liebesbotschaft, jetzt alle Gelegenheit geraubt worden, ihr selbst, wie er gesollt, den Brief, den er von Stanislaus bei sich trage, einzuhändigen und noch alles von Mund zu Mund hinzuzufügen, was Stanislaus in der Hast des Augenblicks nicht mehr schreiben konnte. Hermenegildas Kammerfrau, die

Xaver in sein Interesse gezogen, übernahm die Bestellung zur günstigen Stunde, und was dem Vater, dem Arzt nicht gelungen, bewirkte Xaver durch sein Schreiben. Hermenegilda entschloß sich, ihn zu sehen. In tiefem Schweigen, mit niedergesenktem Blick empfing sie ihn in ihrem Gemach. Xaver nahte sich mit leisem schwankenden Schritt, er nahm Platz vor dem Sofa, auf dem sie saß, aber indem er sich herabbeugte von dem Stuhl, kniete er mehr vor Hermenegilda, als daß er saß, und so flehte er in den rührendsten Ausdrücken, mit einem Ton, als habe er sich des unverzeihlichsten Verbrechens anzuklagen, nicht auf sein Haupt möge sie die Schuld des Irrtums laden, der ihn die Seligkeit des geliebten Freundes empfinden lassen. Nicht ihn, nein, Stanislaus selbst habe sie in der Wonne des Wiedersehens umarmt. Er übergab den Brief und fing an, von Stanislaus zu erzählen, wie er mit echt ritterlicher Treue selbst im blutigen Kampf seiner Dame gedenke, wie nur sein Herz glühe für Freiheit und Vaterland und so weiter. Xaver erzählte mit lebendigem Feuer, er riß Hermenegilden hin, die, alle Scheu bald überwunden, den zauberischen Blick ihrer Himmelsaugen unverwandt auf ihn richtete, so daß er, ein neuer, von Turandots Blick getroffener Kalaf, durchbebt von süßer Wonne, nur mühsam die Erzählung fortspann. Ohne es selbst zu wissen, bedrängt von dem innern Kampf gegen die Leidenschaft, die in hellen Flammen auflodern wollte, verlor er sich in die weitläuftige Beschreibung einzelner Gefechte. Er sprach von Kavallerieangriffen – gesprengten Massen – eroberten Batterien. – Ungeduldig unterbrach ihn Hermenegilda, indem sie rief: „Oh, weg mit diesen blutigen Szenen eines Schauspiels der Hölle – sage – sage mir nur, daß er mich liebt, daß Stanislaus mich liebt!" – Da ergriff Xaver, ganz ermutigt, Hermenegildas Hand, die er heftig an seine Brust drückte. „Höre ihn selbst, deinen Stanislaus!"so rief er, und nun strömten die Beteurungen der glühendsten Liebe, wie sie nur dem Wahnsinn der verzehrendsten

Leidenschaft eigen, von seinen Lippen. Er war zu Hermenegildas Füßen gesunken, sie hatte ihn mit beiden Armen umschlungen, aber indem er, schnell aufgesprungen, sie an seine Brust drücken wollte, fühlte er sich heftig zurückgestoßen. Hermenegilda sah ihn mit starrem seltsamen Blick an und sprach mit dumpfer Stimme: „Eitle Puppe, wenn ich dich auch zum Leben erwärme an meiner Brust, so bist du doch nicht Stanislaus und kannst es auch nimmer werden!" – Hierauf verließ sie das Zimmer mit leisen langsamen Schritten. Xaver sah zu spät seine Unbesonnenheit ein. Daß er bis zum Wahnsinn in Hermenegilda, in die Braut des verwandten Freundes, verliebt sei, fühlte er nur zu lebhaft, ebenso aber auch, daß er bei jedem Schritt, den er zugunsten seiner törichten Leidenschaft zu tun gesonnen, sich würde treulosen Freundschaftsbruch vorwerfen müssen. Schnell abreisen, ohne Hermenegilda wiederzusehen, das war der heroische Entschluß, den er wirklich auf der Stelle so weit ausführte, daß er zu packen und seinen Wagen anzuspannen befahl. Graf Nepomuk war hoch verwundert, als Xaver von ihm Abschied nahm; er bot alles auf, ihn festzuhalten, doch mit einer Festigkeit, mehr von einer Art Krampf, als von wahrer Geistesstärke erzeugt, blieb Xaver dabei, daß besondere Ursachen ihn forttrieben. Den Säbel umgeschnallt, die Feldmütze in der Hand, stand er in der Mitte des Zimmers, der Bediente mit dem Mantel auf dem Vorsaal – unten vor der Türe wieherten ungeduldig die Pferde. – Da ging die Tür auf, Hermenegilda trat herein, mit unbeschreiblicher Anmut schritt sie auf den Grafen zu und sprach hold lächelnd: „Sie wollen fort, lieber Xaver? – und noch so vieles dacht ich von meinem geliebten Stanislaus zu hören! – Wissen Sie wohl, daß mich Ihre Erzählungen wunderbar trösten?" – Xaver schlug locherrötend die Augen nieder, man nahm Platz, Graf Nepomuk versicherte ein Mal über das andere, seit vielen Monaten habe er Hermenegilda nicht in dieser heitern unbefangenen

Stimmung gesehen. Auf seinen Wink wurde, da die Zeit herangekommen, die Abendtafel in demselben Zimmer bereitet. Der edelste Ungarwein perlte in den Gläsern, und volle Glut auf den Wangen, nippte Hermenegilda aus dem gefüllten Pokal, hochfeiernd das Andenken des Geliebten, Freiheit und Vaterland. – Zur Nacht reise ich fort, dachte Xaver im Innern, und frug in der Tat, als die Tafel aufgehoben, den Bedienten, ob der Wagen warte; der, erwiderte der Bediente, sei längst, wie Graf Nepomuk befohlen, abgepackt und abgespannt in die Remise geschoben, die Pferde fräßen im Stall und Woyciech schnarche unten auf dem Strohsack. Xaver ließ es dabei bewenden. Hermenegildas unvermutete Erscheinung hatte den Grafen überzeugt, daß es nicht allein möglich, sondern auch rätlich und angenehm sei, zu bleiben, und von dieser Überzeugung kam er zu der andern, daß es nur darauf ankomme sich zu besiegen, das heißt Ausbrüchen der innern Leidenschaft zu wehren, die, den geisteskranken Zustand Hermenegildas aufreizend, nur ihm in jeder Hinsicht verderblich werden könnten. Wie dann nun alles sich weiter fügen würde, so beschloß Xaver seine Betrachtung, sollte selbst Hermenegilda, aus ihren Träumen erwacht, die heitere Gegenwart der düstern Zukunft vorziehen, das liege denn alles in der Konstellation zusammenwirkender Umstände, und an Treulosigkeit, an Freundschaftsbruch sei nicht zu denken. Sowie Xaver andern Tages Hermenegilden wiedersah, gelang es ihm in der Tat, indem er sorglich auch das Kleinste vermied, was sein zu heißes Blut hätte in Wallung setzen können, seine Leidenschaft niederzukämpfen. In den Schranken der strengsten Sitte bleibend, ja selbst ein frostig Zeremoniell beachtend, gab er nur dem Gespräch die Schwingen jener Galanterie, die den Weibern mit süßem Zucker verderbliches Gift beibringt. Xaver, ein zwanzigjähriger Jüngling, in eigentlichen Liebeshändeln unerfahren, entfaltete, von dem sichern Takt fürs Böse im Innern geleitet, die Kunst des erfahrnen

Meisters. Nur von Stanislaus, von seiner unaussprechlichen Liebe zur süßen Braut sprach er, aber durch die volle Glut, die er dann entzündet, wußte er geschickt sein eignes Bild durchschimmern zu lassen, so daß Hermenegilda in arger Verwirrung selbst nicht wußte, wie beide Bilder, das des abwesenden Stanislaus und das des gegenwärtigen Xaver, trennen. Xavers Gesellschaft wurde bald der aufgeregten Hermenegilda zum Bedürfnis, und so geschah es, daß man sie beinahe beständig und oft wie im traulichen Liebesgespräch zusammen sah. Die Gewohnheit überwand mehr und mehr Hermenegildas Scheu, und in ebendem Grade überschritt Xaver jene Schranken des frostigen Zeremoniells, in die er sich anfangs mit klugem Vorbedacht gebannt hatte. Arm in Arm gingen Hermenegilda und Xaver in dem Park umher, und sorglos ließ sie ihre Hand in der seinigen, wenn er, im Zimmer neben ihr sitzend, von dem glücklichen Stanislaus erzählte. Kam es nicht auf Staatshändel, auf die Sache des Vaterlandes an, so war Graf Nepomuk eben keines Blickes in die Tiefe fähig, er begnügte sich mit dem, was er auf der Oberfläche wahrzunehmen imstande, sein für alles übrige totes Gemüt vermochte die vorüberfliehenden Bilder des Lebens nur, dem Spiegel gleich, im Moment zu reflektieren, spurlos schwanden sie dahin. Ohne Hermenegildas inneres Wesen zu ahnen, hielt er es für gut, daß sie endlich die Püppchen, die bei ihrem törigten wahnsinnigen Treiben den Geliebten vorstellen mußten, mit einem lebendigen Jüngling vertauscht, und glaubte mit vieler Schlauheit vorauszusehen, daß Xaver, der ihm als Schwiegersohn ebenso lieb, bald ganz in Stanislaus' Stelle treten werde. Er dachte nicht mehr an den treuen Stanislaus. Xaver glaubte dieses ebenfalls, da nun, nachdem ein paar Monate vergangen, Hermenegilda, so sehr ihr ganzes Wesen auch von dem Andenken an Stanislaus erfüllt schien, es sich doch gefallen ließ, daß Xaver mehr und mehr sich ihr annäherte mit eigner Bewerbung. Eines Morgens hieß es, daß Hermenegilda sich in ihre Gemächer mit der Kammerfrau eingeschlossen habe und durchaus niemanden sehen wolle. Graf Nepomuk glaubte nicht anders, als daß ein neuer Paroxismus eingetreten sei, der sich bald legen werde. Er bat den Grafen Xaver, die Gewalt, die er über Hermenegilda gewonnen, jetzt zu ihrem Heil zu üben, wie erstaunte er aber, als Xaver es nicht allein durchaus verweigerte, sich Hermenegilden auf irgendeine Weise zu nähern, sondern sich auch in seinem ganzen Wesen auf eigne Art verändert zeigte. Statt wie sonst beinahe zu keck aufzutreten, war er verschüchtert, als habe er Gespenster gesehen, der Ton seiner Stimme schwankend – der Ausdruck matt und unzusammenhängend. – Er sprach davon, daß er nun durchaus nach Warschau müßte, daß er Hermenegilden wohl niemals wiedersehen werde – daß in der letzten Zeit ihr verstörtes Wesen ihm Grauen und Entsetzen erregt – daß er Verzicht geleistet auf alles Glück der Liebe, daß er nun erst in der an Wahnsinn grenzenden Treue Hermenegildas, die Treulosigkeit, die er an dem Freunde begehen wollen, zu seiner tiefsten Beschämung fühle, daß schleunige Flucht sein einziges Rettungsmittel sei. Graf Nepomuk begriff alles nicht, nur schien es ihm endlich klar zu werden, daß Hermenegildas wahnsinnige Schwärmerei den Jüngling angesteckt. Er suchte ihm dies zu beweisen, doch umsonst. Xaver widerstrebte um so heftiger, als dringender Nepomuk ihm die Notwendigkeit bewies, daß er Hermenegilda von allen Bizarrerien heilen, folglich sie wiedersehen müsse. Schnell war der Streit geendet, als Xaver, wie von unsichtbarer unwiderstehlicher Gewalt getrieben, hinabrannte, sich in den Wagen warf und davonfuhr.

Graf Nepomuk, voller Gram und Zorn über Hermenegildas Betragen, bekümmerte sich nicht mehr um sie, und so geschah es, daß mehrere Tage vergingen, die sie ungestört, auf ihrem Zimmer eingeschlossen, von niemanden als ihrer Kammerfrau gesehen, zubrachte.

In tiefen Gedanken, ganz erfüllt von den Heldentaten jenes Mannes, den die Polen damals anbeteten wie ein falsches Götzenbild, saß Nepomuk eines Tages in seinem Zimmer, als die Tür aufging und Hermenegilda in voller Trauer, mit lang herabhängendem Witwenschleier, eintrat. Langsamen feierlichen Schrittes nahte sie sich dem Grafen, ließ sich dann auf die Knie nieder und sprach mit bebender Stimme: „O mein Vater – Graf Stanislaus, mein geliebter Gatte, ist hinüber – er fiel als Held im blutigen Kampf: – vor dir kniet seine bejammernswerte Witwe!" – Graf Nepomuk mußte dies um so mehr für einen neuen Ausbruch der zerrütteten Gemütsstimmung Hermenegildas halten, als noch Tages zuvor Nachrichten von dem Wohlbefinden des Grafen Stanislaus eingelaufen waren. Er hob Hermenegilden sanft auf, indem er sprach: „Beruhige dich, liebe Tochter, Stanislaus ist wohl, bald eilt er in deine Arme." – Da atmete Hermenegilda auf wie im schweren Todesseufzer und sank, von wildem Schmerz zerrissen, neben dem Grafen hin in die Polster des Sofas. Doch nach wenigen Sekunden wieder zu sich selbst gekommen, sprach sie mit wunderbarer Ruhe und Fassung: „Laß es mich dir sagen, lieber Vater! wie sich alles begeben, denn du mußt es wissen, damit du in mir die Witwe des Grafen Stanislaus von R.. erkennest. – Wisse, daß ich vor sechs Tagen in der Abenddämmerung mich in dem Pavillon an der Südseite unseres Parks befand. Alle meine Gedanken, mein ganzes Wesen dem Geliebten zugewendet, fühlt ich meine Augen sich unwillkürlich schließen, nicht in Schlaf, nein, in einen seltsamen Zustand versank ich, den ich nicht anders nennen kann als waches Träumen. Aber bald schwirrte und dröhnte es um mich her, ich vernahm ein wildes Getümmel, es fiel ganz in der Nähe Schuß auf Schuß. Ich fuhr auf und war nicht wenig erstaunt, mich in einer Feldhütte zu befinden. Vor mir kniete er selbst – mein Stanislaus. – Ich umschlang ihn mit meinen Armen, ich drückte ihn an meine Brust. – ,Gelobt sei

Gott', rief er, ‚du lebst, du bist mein!' – Er sagte mir, ich sei gleich nach der Trauung in tiefe Ohnmacht gesunken, und ich törigt Ding erinnerte mich jetzt erst, daß ja Pater Cyprianus, den ich in diesem Augenblick erst zur Feldhütte hinausschreiten sah, uns ja eben in der nahen Kapelle unter dem Donner des Geschützes, unter dem wilden Toben der nahen Schlacht getraut hatte. Der goldne Trauring blinkte an meinem Finger. Die Seligkeit, mit der ich nun aufs neue den Gatten umarmte, war unbeschreiblich; nie gefühltes namenloses Entzücken des beglückten Weibes durchbebte mein Inneres – mir schwanden die Sinne – da wehte es mich an mit eiskaltem Frost – ich schlug die Augen auf – entsetzlich! mitten im Gewühl der wilden Schlacht – vor mir die brennende Feldhütte, aus der man mich wahrscheinlich gerettet! – Stanislaus bedrängt von feindlichen Reitern – Freunde sprengen heran, ihn zu retten – zu spät, von hinten haut ihn ein Reiter herab vom Pferde." – Aufs neue sank Hermenegilda, überwältigt von dem entsetzlichen Schmerz, ohnmächtig zusammen.

Nepomuk eilte nach stärkenden Mitteln, doch es bedurfte ihrer nicht, mit wunderbarer Kraft faßte sich Hermenegilda zusammen. „Der Wille des Himmels ist erfüllt", sprach sie dumpf und feierlich, „nicht zu klagen ziemt es mir, aber bis zum Tode dem Gatten treu, soll kein irdisches Bündnis mich von ihm trennen. Um ihn trauern, für ihn, für unser Heil beten, das ist jetzt meine Bestimmung, und nichts soll diese mir verstören." Graf Nepomuk mußte mit vollem Recht glauben, daß der innerlich brütende Wahnsinn Hermenegildas sich durch jene Vision Luft gemacht habe, und da die ruhige klösterliche Trauer Hermenegildas um den Gatten kein ausschweifendes beunruhigendes Treiben zuließ, so war dem Grafen Nepomuk dieser Zustand, den die Ankunft des Grafen Stanislaus schnell enden mußte, ganz recht. Ließ Nepomuk zuweilen etwas von Träumereien und Visionen fallen, so lächelte Hermenegilda schmerzlich, dann drückte sie aber den goldnen Ring, den sie am Finger trug, an den Mund und benetzte ihn mit heißen Tränen. Graf Nepomuk bemerkte mit Erstaunen, daß dieser Ring wirklich ein ganz fremder war, den er nie bei seiner Tochter gesehen; da es indessen tausend Fälle gab, wie sie dazu gekommen sein konnte, so gab er sich nicht einmal die Mühe, weiter nachzuforschen. Wichtiger war ihm die böse Nachricht, daß Graf Stanislaus in feindliche Gefangenschaft geraten sei. Hermenegilda fing an auf eigne Weise zu kränkeln, sie klagte oft über eine seltsame Empfindung, die sie eben nicht Krankheit nennen könne, die aber ihr ganzes Wesen auf seltsame Art durchbebe. Um diese Zeit kam Fürst Z. mit seiner Gemahlin. Die Fürstin hatte, als Hermenegildas Mutter frühzeitig starb, ihre Stelle vertreten, und schon deshalb wurde sie von ihr mit kindlicher Hingebung empfangen. Hermenegilda erschloß der würdigen Frau ihr ganzes Herz und klagte mit der bittersten Wehmut, daß, unerachtet sie für die Wahrheit aller Umstände rücksichts der wirklich vollzogenen Trauung mit Stanislaus die überzeugendsten Beweise habe, man sie doch eine wahnsinnige Träumerin schelte. Die Fürstin, von allem unterrichtet und von Hermenegildas zerrüttetem Gemütszustande überzeugt, hütete sich wohl, ihr zu widersprechen; sie begnügte sich damit, ihr zu versichern, daß die Zeit alles aufklären werde und daß es wohlgetan sei, sich in frommer Demut dem Willen des Himmels ganz zu ergeben. Aufmerksamer wurde die Fürstin, als Hermenegilda von ihrem körperlichen Zustande sprach und die sonderbaren Anfälle beschrieb, die ihr Inneres zu verstören schienen. Man sah, wie die Fürstin mit der ängstlichsten Sorgfalt über Hermenegilda wachte und wie ihre Bekümmernis in dem Grade stieg, als Hermenegilda sich ganz zu erholen schien. Die todblassen Wangen und Lippen röteten sich wieder, die Augen verloren das düstre unheimliche Feuer, der Blick wurde mild und ruhig, die abgemagerten Formen rundeten sich mehr und mehr, kurz, Hermenegilda blühte ganz auf in voller Jugend und Schönheit. Und doch schien die Fürstin sie für kränker als jemals zu halten, denn: „Wie ist dir, was hast du, mein Kind? – was fühlst du?" so frug sie, quälende Besorgnis im Gesicht, sobald Hermenegilda nur seufzte oder im mindesten erblaßte. Graf Nepomuk, der Fürst, die Fürstin berateten sich, was es denn nun werden solle mit Hermenegilda und ihrer fixen Idee, Stanislaus' Witwe zu sein. „Ich glaube leider", sprach der Fürst, „daß ihr Wahnsinn unheilbar bleiben wird, denn sie ist körperlich kerngesund und nährt den zerrütteten Zustand ihrer Seele mit voller Kraft. – Ja", fuhr er fort, als die Fürstin schmerzlich vor sich hinblickte, „ja, sie ist kerngesund, unerachtet sie zur Ungebühr und zu ihrem offenbaren Nachteil wie eine Kranke gepflegt, gehätschelt und geängstet wird." Die Fürstin, welche diese Worte trafen, faßte den Grafen Nepomuk ins Auge und sprach rasch und entschieden: „Nein! – Hermenegilda ist nicht krank, aber, läge es nicht im Reich der Unmöglichkeit, daß sie sich vergangen haben könnte, so würde ich überzeugt sein, daß sie sich in guter Hoffnung befinde." Damit stand sie auf und verließ das Zimmer. Wie vom Blitz getroffen, starrten sich Graf Nepomuk und der Fürst an. Dieser, zuerst das Wort aufnehmend, meinte, daß seine Frau auch zuweilen von den sonderbarsten Visionen heimgesucht werde. Graf Nepomuk sprach aber sehr ernst: „Die Fürstin hat darin recht, daß ein Vergehen der Art von seiten Hermenegildas durchaus im Reich der Unmöglichkeit liegt, wenn ich dir aber sage, daß, als Hermenegilda gestern vor mir herging, mir es selbst wie ein närrischer Gedanke durch den Sinn fuhr: Nun seht einmal, die junge Witwe ist ja guter Hoffnung; daß dieser Gedanke offenbar nur durch das Betrachten ihrer Gestalt erzeugt werden konnte, wenn ich dir das alles sage, so wirst du es natürlich finden, wie die Worte der Fürstin mich mit trüber Besorgnis, ja mit der peinlichsten Angst erfüllen." – „So muß", erwiderte der Fürst, „der Arzt oder die weise

Frau entscheiden und entweder das vielleicht voreilige Urteil der Fürstin vernichtet oder unsere Schande bestätiget werden." Mehrere Tage schwankten beide von Entschluß zu Entschluß. Beiden wurden Hermenegildas Formen verdächtig, die Fürstin sollte entscheiden, was jetzt zu tun. Sie verwarf die Einmischung eines vielleicht plauderhaften Arztes und meinte, daß andere Hülfe wohl erst in fünf Monaten nötig sein würde. „Welche Hülfe?" schrie Graf Nepomuk entsetzt. „Ja", fuhr die Fürstin mit erhöhter Stimme fort, „es ist nun gar kein Zweifel mehr, Hermenegilda ist entweder die verruchteste Heuchlerin, die jemals geboren, oder es waltet ein unerforschliches Geheimnis – genug, sie ist guter Hoffnung!" Ganz erstarrt vor Schreck, fand Graf Nepomuk keine Worte; endlich sich mühsam ermannend, beschwor er die Fürstin, koste es was es wolle, von Hermenegilda selbst zu erforschen, wer der Unglückselige sei, der die unauslöschliche Schmach über sein Haus gebracht. „Noch", sprach die Fürstin, „noch ahnet Hermenegilda nicht, daß ich um ihren Zustand weiß. Von dem Moment, wenn ich es ihr sagen werde, wie es um sie steht, verspreche ich mir alles. Überrascht, wird sie die Larve der Heuchlerin fallen lassen, oder es muß sich sonst ihre Unschuld auf eine wunderbare Weise offenbaren, unerachtet ich es auch nicht zu träumen vermag, wie dies sollte geschehen können." Noch denselben Abend war die Fürstin mit Hermenegilda, deren mütterliches Ansehn mit jeder Stunde zuzunehmen schien, allein auf ihrem Zimmer. Da ergriff die Fürstin das arme Kind bei beiden Armen, blickte ihr scharf ins Auge und sagte mit schneidendem Ton: „Liebe, du bist guter Hoffnung!" Da schlug Hermenegilda den wie von himmlischer Wonne verklärten Blick in die Höhe und rief mit dem Ton des höchsten Entzückens: „O Mutter, Mutter, ich weiß es ja! – Lange fühlt ich es, daß ich, fiel auch der teure Gatte unter den mörderischen Streichen der wilden Feinde, dennoch unaussprechlich glücklich sein sollte. Ja! – jener

Moment meines höchsten irdischen Glücks lebt in mir fort, ich werde ihn ganz wieder haben, den geliebten Gatten, in dem teuern Pfande des süßen Bundes." Der Fürstin war es, als finge sich alles an um sie zu drehen, als wollten ihr die Sinne schwinden. Die Wahrheit in Hermenegildas Ausdruck – ihr Entzücken, ihre wahrhafte Verklärung ließ keinen Gedanken an erheucheltes Wesen, an Trug aufkommen, und doch konnte nur toller Wahnsinn auf ihre Behauptung etwas geben. Von dem letzten Gedanken ganz erfaßt, stieß die Fürstin Hermenegilda von sich, indem sie heftig rief: „Unsinnige! Ein Traum hätte dich in den Zustand versetzt, der Schmach und Schande über uns alle bringt! – glaubst du, daß du mich mit albernen Märchen zu hintergehen vermagst? – Besinne dich – laß alle Ereignisse der vorigen Tage dir vorübergehen. Ein reuiges Bekenntnis kann uns vielleicht versöhnen." In Tränen gebadet, ganz aufgelöst von herbem Schmerz, sank Hermenegilda vor der Fürstin auf die Knie und jammerte: „Mutter, auch du schiltst mich eine Träumerin, auch du glaubst nicht daran, daß die Kirche mich mit Stanislaus verband, daß ich sein Weib bin? – Aber sieh doch nur hier den Ring an meinem Finger – was sage ich! – Du, du kennst ja meinen Zustand, ist denn das nicht genug, dich zu überzeugen, daß ich nicht träumte?" Die Fürstin nahm mit dem tiefsten Erstaunen wahr, daß Hermenegilden der Gedanke eines Vergehens gar nicht einkam, daß sie die Hindeutung darauf gar nicht aufgefaßt, gar nicht verstanden. Der Fürstin ihre Hände heftig an die Brust drückend, flehte Hermenegilda immerfort, sie möge doch nur jetzt, da es ihr Zustand außer Zweifel setze, an ihren Gatten glauben, und die ganz bestürzte, ganz außer sich gesetzte Frau wußte in der Tat selbst nicht mehr, was sie der Armen sagen, welchen Weg sie überhaupt einschlagen sollte, dem Geheimnis, das hier walten mußte, auf die Spur zu kommen. Erst nach mehreren Tagen erklärte die Fürstin dem Gemahl und dem Grafen Nepomuk, daß es unmöglich sei, von Hermenegilda, die sich von dem Gatten schwanger glaube, mehr herauszubringen, als wovon sie selbst im Innersten der Seele überzeugt sei. Die Männer, voller Zorn, schalten Hermenegilda eine Heuchlerin, und insonderheit schwur Graf Nepomuk, daß, wenn gelinde Mittel sie nicht von dem wahnsinnigen Gedanken, ihm ein abgeschmacktes Märchen aufzuheften, zurückbringen würden, er es mit strengen Maßregeln versuchen werde. Die Fürstin meinte dagegen, daß jede Strenge eine zwecklose Grausamkeit sein würde. Überzeugt sei sie nämlich, wie gesagt, daß Hermenegilda keinesweges heuchle, sondern daran, was sie sage, mit voller Seele glaube. „Es gibt", fuhr sie fort, „noch manches Geheimnis in der Welt, das zu begreifen wir gänzlich außerstande sind. Wie, wenn das lebhafte Zusammenwirken des Gedankens auch eine physische Wirkung haben könnte, wie, wenn eine geistige Zusammenkunft zwischen Stanislaus und Hermenegilda sie in den uns unerklärlichen Zustand versetzte?" Unerachtet alles Zorns, aller Bedrängnis des fatalen Augenblicks, konnten sich der Fürst und Graf Nepomuk doch des lauten Lachens nicht enthalten, als die Fürstin diesen Gedanken äußerte, den die Männer den sublimsten nannten, der je das Menschliche ätherisiert habe. Die Fürstin, blutrot im ganzen Gesicht, meinte, daß den rohen Männern der Sinn für dergleichen abginge, daß sie das ganze Verhältnis, in das ihr armes Kind, an dessen Unschuld sie unbedingt glaube, geraten, anstößig und abscheulich finde und daß eine Reise, die sie mit ihr zu unternehmen gedenke, das einzige und beste Mittel sei, sie der Arglist, dem Hohne ihrer Umgebung zu entziehen. Graf Nepomuk war mit diesem Vorschlage sehr zufrieden, denn da Hermenegilda selbst gar kein Geheimnis aus ihrem Zustande machte, so mußte sie, sollte ihr Ruf verschont bleiben, freilich aus dem Kreise der Bekannten entfernt werden.

Dies ausgemacht, fühlten sich alle beruhigt. Graf Nepomuk

dachte kaum mehr an das beängstigende Geheimnis selbst, als er nur die Möglichkeit sah, es der Welt, deren Hohn ihm das bitterste war, zu verbergen, und der Fürst urteilte sehr richtig, daß bei der seltsamen Lage der Dinge, bei Hermenegildas unerheucheltem Gemütszustande freilich gar nichts anders zu tun sei, als die Auflösung des wunderbaren Rätsels der Zeit zu überlassen. Eben wollte man nach geschlossener Beratung auseinandergehen, als die plötzliche Ankunft des Grafen Xaver von R. über alle neue Verlegenheit, neue Kümmernis brachte. Erhitzt von dem scharfen Ritt, über und über mit Staub bedeckt, mit der Hast eines von wilder Leidenschaft Getriebenen stürzte er ins Zimmer und rief, ohne Gruß, alle Sitte nicht beachtend, mit starker Stimme: „Er ist tot, Graf Stanislaus! nicht in Gefangenschaft geriet er – nein – er wurde niedergehauen von den Feinden – hier sind die Beweise!" – Damit steckte er mehrere Briefe, die er schnell hervorgerissen, dem Grafen Nepomuk in die Hände. Dieser fing ganz bestürzt an zu lesen. Die Fürstin sah in die Blätter hinein, kaum hatte sie wenige Zeilen erhascht, als sie mit zum Himmel emporgerichtetem Blick die Hände zusammenschlug und schmerzlich ausrief: „Hermenegilda! – armes Kind! – welches unerforschliche Geheimnis!" – Sie hatte gefunden, daß Stanislaus' Todestag gerade mit Hermenegildas Angabe zusammentraf, daß sich alles so begeben, wie sie es in dem verhängnisvollen Augenblick geschaut hatte. „Er ist tot", sprach nun Xaver rasch und feurig, „Hermenegilda ist frei, mir, der ich sie liebe wie mein Leben, steht nichts mehr entgegen, ich bitte um ihre Hand!" – Graf Nepomuk vermochte nicht zu antworten, der Fürst nahm das Wort und erklärte, daß gewisse Umstände es ganz unmöglich machten, jetzt auf seinen Antrag einzugehen, daß er in diesem Augenblick nicht einmal Hermenegilda sehen könne, daß es also das beste sei, sich wieder schnell zu entfernen, wie er gekommen. Xaver entgegnete, daß er Hermenegildas zerrütteten

Gemütszustand, von dem wahrscheinlich die Rede sei, recht gut kenne, daß er dies aber um so weniger für ein Hindernis halte, als gerade seine Verbindung mit Hermenegilda jenen Zustand enden würde. Die Fürstin versicherte ihm, daß Hermenegilda ihrem Stanislaus Treue bis in den Tod geschworen, jede andere Verbindung daher verwerfen würde, übrigens befinde sie sich gar nicht mehr auf dem Schlosse. Da lachte Xaver laut auf und meinte, nur des Vaters Einwilligung bedürfe er; Hermenegildas Herz zu rühren, das solle man nur ihm überlassen. Ganz erzürnt über des Jünglings ungestüme Zudringlichkeit erklärte Graf Nepomuk, daß er in diesem Augenblick vergebens auf seine Einwilligung hoffe und nur sogleich das Schloß verlassen möge. Graf Xaver sah ihn starr an, öffnete die Tür des Vorsaals und rief hinaus, Woyciech solle den Mantelsack hereinbringen, die Pferde absatteln und in den Stall führen. Dann kam er ins Zimmer zurück, warf sich in den Lehnstuhl, der dicht am Fenster stand, und erklärte ruhig und ernst: ehe er Hermenegilda gesehen und gesprochen, werde ihn nur offne Gewalt vom Schlosse wegtreiben. Graf Nepomuk meinte, daß er dann auf einen recht langen Aufenthalt rechnen könne, übrigens aber erlauben müsse, daß er seinerseits das Schloß verlasse. Alle, Graf Nepomuk, der Fürst und seine Gemahlin, gingen hierauf aus dem Zimmer, um so schnell als möglich Hermenegilda fortzuschaffen. Der Zufall wollte indessen, daß sie gerade in dieser Stunde, ganz wider ihre sonstige Gewohnheit, in den Park gegangen war. Xaver, durch das Fenster blickend, an dem er saß, gewahrte sie ganz in der Ferne wandelnd. Er rannte hinunter in den Park und erreichte endlich Hermenegilda, als sie eben in jenen verhängnisvollen Pavillon an der Südseite des Parks trat. Ihr Zustand war nun schon beinahe jedem Auge sichtlich. „O all ihr Mächte des Himmels", rief Xaver, als er vor Hermenegilda stand, dann stürzte er aber zu ihren Füßen und beschwor sie unter den heiligsten Beteurungen seiner glühendsten Liebe, ihn zum glücklichsten Gatten aufzunehmen. Hermenegilda, ganz außer sich vor Schreck und Überraschung, sagte ihm, ein böses Geschick habe ihn hergeführt, ihre Ruhe zu stören – niemals, niemals würde sie, dem geliebten Stanislaus zur Treue bis in den Tod verbunden, die Gattin eines andern werden. Als nun aber Xaver nicht aufhörte mit Bitten und Beteurungen, als er endlich in toller Leidenschaft ihr vorhielt, daß sie sich selbst täusche, daß sie ihm ja schon die süßesten Liebesaugenblicke geschenkt, als er, aufgesprungen vom Boden, sie in seine Arme schließen wollte, da stieß sie ihn, den Tod im Antlitz, mit Abscheu und Verachtung zurück, indem sie rief: „Elender, selbstsüchtiger Tor, ebensowenig wie du das süße Pfand meines Bundes mit Stanislaus vernichten kannst, ebensowenig vermagst du mich zum verbrecherischen Bruch der Treue zu verführen – fort aus meinen Augen!" Da streckte Xaver die geballte Faust ihr entgegen, lachte laut auf in wildem Hohn und schrie: „Wahnsinnige, brachst du denn nicht selbst jenen albernen Schwur? – Das Kind, das du unter dem Herzen trägst, mein Kind ist es, mich umarmtest du hier an dieser Stelle – meine Buhlschaft warst du und bleibst du, wenn ich dich nicht erhebe zu meiner Gattin." – Hermenegilda blickte ihn an, die Glut der Hölle in den Augen, dann kreischte sie auf. „Ungeheuer!" und sank wie zum Tode getroffen nieder auf den Boden.

Wie von allen Furien verfolgt, rannte Xaver in das Schloß zurück, er traf auf die Fürstin, die er mit Ungestüm bei der Hand ergriff und hineinzog in die Zimmer. „Sie hat mich verworfen mit Abscheu – mich, den Vater ihres Kindes!" – „Um aller Heiligen willen! Du? – Xaver! – mein Gott! – sprich, wie war es möglich?" – so rief, von Entsetzen ergriffen, die Fürstin. „Mag mich verdammen", fuhr Xaver gefaßter fort, „mag mich verdammen, wer da will, aber glüht ihm gleich mir das Blut in den Adern, gleich mir wird er in solchem Moment sündigen. In dem Pavillon traf ich Hermenegilda in einem seltsamen Zustande, den ich nicht zu beschreiben vermag. Sie lag wie fest schlafend und träumend auf dem Kanapee. Kaum war ich eingetreten, als sie sich erhob, auf mich zukam, mich bei der Hand ergriff und feierlichen Schritts durch den Pavillon ging. Dann kniete sie nieder, ich tat ein gleiches, sie betete, und ich bemerkte bald, daß sie im Geiste einen Priester vor uns sah. Sie zog einen Ring vom Finger, den sie dem Priester darreichte, ich nahm ihn und steckte ihr einen goldnen Ring an, den ich von meinem Finger zog, dann sank sie mit der inbrünstigsten Liebe in meine Arme. – Als ich entfloh, lag sie in tiefem bewußtlosen Schlaf." – „Entsetzlicher Mensch! – ungeheurer Frevel!" schrie die Fürstin ganz außer sich. – Graf Nepomuk und der Fürst traten hinein, in wenigen Worten erfuhren sie Xavers Bekenntnisse, und wie tief wurde der Fürstin zartes Gemüt verwundet, als die Männer Xavers freveliche Tat sehr verzeihlich und durch seine Verbindung mit Hermenegilda gesühnt fanden. „Nein", sprach die Fürstin, „nimmer wird Hermenegilda dem die Hand als Gattin reichen, der es wagte, wie der hämischte Geist der Hölle den höchsten Moment ihres Lebens mit dem ungeheuersten Frevel zu vergiften." – „Sie wird", sprach Graf Xaver mit kaltem höhnenden Stolz, „sie wird mir die Hand reichen müssen, um ihre Ehre zu retten – ich bleibe hier, und alles fügt sich." – In diesem Augenblick entstand ein dumpfes Geräusch, man brachte Hermenegilda, die der Gärtner im Pavillon leblos gefunden, in das Schloß zurück. Man legte sie auf das Sofa; ehe es die Fürstin verhindern konnte, trat Xaver hinan und faßte ihre Hand. Da fuhr sie mit einem entsetzlichen Schrei, nicht menschlicher Ton, nein, dem schneidenden Jammerlaut eines wilden Tiers ähnlich, in die Höhe und starrte in gräßlicher Verzuckung den Grafen mit funkensprühenden Augen an. Der taumelte, wie vom tötenden Blitz getroffen, zurück und lallte kaum verständlich: „Pferde!" – Auf den Wink der Fürstin brachte man ihn herab. – „Wein! – Wein!"

schrie er, stürzte einige Gläser hinunter, warf sich dann erkräftigt aufs Pferd und jug davon. – Hermenegildas Zustand, der aus dumpfen Wahnsinn in wilde Raserei übergehen zu wollen schien, änderte auch Nepomuks und des Fürsten Gesinnungen, die nun erst das Entsetzliche, Unsühnbare von Xavers Tat einsahen. Man wollte nach dem Arzt senden, aber die Fürstin verwarf alle ärztliche Hülfe, wo nur geistlicher Trost vielleicht wirken könne. Statt des Arztes erschien also der Karmelitermönch Cyprianus, Beichtvater des Hauses. Auf wunderbare Weise gelang es ihm, Hermenegilda aus der Bewußtlosigkeit des stieren Wahnsinns zu erwecken. Noch mehr! – bald wurde sie ruhig und gefaßt; sie sprach ganz zusammenhängend mit der Fürstin, der sie den Wunsch äußerte, nach ihrer Niederkunft ihr Leben im Zisterzienserkloster zu O. in steter Reue und Trauer hinzubringen. Ihren Trauerkleidern hatte sie Schleier hinzugefügt, die ihr Gesicht undurchdringlich verhüllten und die sie niemals lüpfte. Pater Cyprianus verließ das Schloß, kam aber nach einigen Tagen wieder. Unterdessen hatte der Fürst Z. an den Bürgermeister zu L. geschrieben, dort sollte Hermenegilda ihre Niederkunft abwarten und von der Äbtissin des Zisterzienserklosters, einer Verwandten des Hauses, dahin gebracht werden, während die Fürstin nach Italien reiste und angeblich Hermenegilda mitnahm. – Es war Mitternacht, der Wagen, der Hermenegilda nach dem Kloster bringen sollte, stand vor der Türe. Von Gram gebeugt, erwartete Nepomuk, der Fürst, die Fürstin, das unglückliche Kind, um von ihr Abschied zu nehmen. Da trat sie in Schleier gehüllt, an der Hand des Mönchs in das von Kerzen hell erleuchtete Zimmer. Cyprianus sprach mit feierlicher Stimme: „Die Laienschwester Cölestina sündigte schwer, als sie sich noch in der Welt befand, denn der Frevel des Teufels befleckte ihr reines Gemüt, doch ein unauflösliches Gelübde bringt ihr Trost – Ruhe und ewige Seligkeit! – Nie wird die Welt mehr das Antlitz schauen, dessen

Schönheit den Teufel anlockte – schaut her! – so beginnt und vollendet Cölestina ihre Buße!" – Damit hob der Mönch Hermenegildas Schleier auf, und schneidendes Weh durchfuhr alle, da sie die blasse Totenlarve erblickten, in die Hermenegildas engelschönes Antlitz auf immer verschlossen! – Sie schied, keines Wortes mächtig, von dem Vater, der, ganz aufgelöst von verzehrendem Schmerz, nicht mehr leben zu können dachte. Der Fürst, sonst ein gefaßter Mann, badete sich in Tränen, nur der Fürstin gelang es, mit aller Macht den Schrecken jenes grauenvollen Gelübdes niederkämpfend, sich aufrecht zu erhalten in milder Fassung.

Wie Graf Xaver Hermenegildas Aufenthalt und sogar den Umstand, daß das geborne Kind der Kirche geweiht sein sollte, erfahren, ist unerklärlich. Wenig nutzte ihm der Raub des Kindes, denn als er nach P. gekommen und es in die Hände einer vertrauten Frau zur Pflege geben wollte, war es nicht, wie er glaubte, von der Kälte ohnmächtig geworden, sondern tot. Darauf verschwand Graf Xaver spurlos, und man glaubte, er habe sich den Tod gegeben. Mehrere Jahre waren vergangen, als der junge Fürst Boleslaw von Z. auf seinen Reisen nach Neapel in die Nähe des Posilippo kam. Dort in der anmutigsten Gegend liegt ein Kamaldulenserkloster, zu dem der Fürst heraufstieg, um eine Aussicht zu genießen, die ihm als die reizendste in ganz Neapel geschildert worden. Eben im Begriff, auf die herausspringende Felsenspitze im Garten zu treten, die ihm als der schönste Punkt beschrieben, bemerkte er einen Mönch, der vor ihm auf einem großen Stein Platz genommen und, ein aufgeschlagenes Gebetbuch auf dem Schoß, in die Ferne hinausschaute. Sein Antlitz, in den Grundzügen noch jugendlich, war nur durch tiefen Gram entstellt. Dem Fürsten kam, als er den Mönch näher und näher betrachtete, eine dunkle Erinnerung. Er schlich näher heran, und es fiel ihm gleich ins Auge, daß das Gebetbuch in polnischer Sprache abgefaßt war. Darauf redete er den

Mönch polnisch an, dieser wandte sich voller Schreck um, kaum hatte er aber den Fürsten erblickt, als er sein Gesicht verhüllte und schnell, wie vom bösen Geist getrieben, durch die Gebüsche entfloh. Fürst Boleslaw versicherte, als er dem Grafen Nepomuk das Abenteuer erzählte, dieser Mönch sei niemand anders gewesen als der Graf Xaver von R.